NARRADORES CON

JOAQUÍN MORTIZ • MÉXICO

ROSA BELTRÁN

Amores que matan

Primera edición: octubre de 1996
Segunda reimpresión: abril de 1999
© 1996, Rosa Beltrán
D.R. © 1996, Editorial Joaquín Mortiz, S.A. de C.V.
Grupo Editorial Planeta
Insurgentes Sur 1162, Col. Del Valle
Deleg. Benito Juárez, 03100, D.F.

ISBN: 968-27-0685-8

Diseño de colección:
Andrés Ramírez y Gerardo Islas
Portada:
Por no ser no son de José Fors, Litografía
Fotografía de autora:
Felipe Mendoza

Para los causantes: Rosa, los dos Godos, Ana, Luis, Casandra y, sobre todo, para Ernesto.

A Patricia Hinojosa, que está en mí.

TIEMPO DE MORIR
Amor conyugal

Hace algunos años decidimos entrar en el matrimonio con la alegre certeza de quienes entran en su perdición. No es que no nos guste la intimidad; a ella debemos una serie de canonjías insospechadas porque, bueno, él y yo no éramos tenidos como personas respetables, quiero decir, no éramos de fiar. Por lo demás, no me parece que esto fuera injustificado, porque no hay nada de respetable en eso de entrar caprichosamente a los mingitorios, por ejemplo, a escribir cosas. Mejor dicho, a uno, su favorito. Ignoro lo que escribirá; no es eso lo que me importa. Él y yo lo decidimos así: cada quien su vida. Se trata de mí, de tener que mirar siempre la misma fachada, esperándolo. ¿Tiene esto algún sentido? Temo que igual que lo otro, estos deseos también se hallen corrompidos por la urgencia o el deber, por la necesidad de cumplir con la imagen que nos hemos impuesto. Antes tuvimos que padecer en silencio el rechazo que los demás se empeñaban en

11

hacernos evidente —nuestra indignidad no se debía a otra cosa que a nuestra situación de solteros—, y hoy, en cambio, podemos agradecer a nuestro estado civil, o al desprecio hacia todo a que éste nos ha llevado, la relativa facilidad con que podemos ocuparnos de cumplir nuestros deseos sin ser recriminados mayormente. Ya no resultamos ostentosos: estamos felizmente casados. Pero queda un estigma: él sigue exhibiendo su antigua libertad como si fuera la de hoy. No obstante, poco a poco hemos ido plegándonos a las fatales convenciones que en un principio nos resultaron hasta divertidas, inmersas en el hálito misterioso que rodea todo lo nuevo. A veces pienso que todavía nos quedan muchas cosas por compartir. La noche y la memoria; quizá también la indiferencia. O quién sabe. A lo mejor tampoco eso.

A él le gustaba asistir a lugares donde no era conocido. Nunca echó raíces; su día estaba constituido de pequeños fragmentos imposibles de relacionar, pero carentes de toda significación. De toda una serie de actos recurrentes nunca pudo sacar nada en claro, por la sencilla razón de que no había nada que sacar: siempre que podía, evitaba concienzudamente nutrir cualquier idea o seguir una conversación que empezara a incursionar más allá de lo trivial. Tampoco permanecía en el mismo sitio demasiado tiempo. Le aterraba ser reconocido por alguien, ser buscado, invitado. Su terror partía de la necesidad de no ser identificado ni identificar las cosas como familiares. No tener que definirse. Ser cómodamente anónimo. Libre. Y ser libre era entonces ser informe.

De vez en cuando asistía a los baños generales con la ilusión de encontrarlos casi vacíos; evitaba todas esas miradas ante las que sentía la necesidad de justificar algo. Le bastaba decirme que iba con T. para que yo comprendiera. No era T., no era alguien en particular. Pero siempre hay que poner nombre a las cosas. Hermosos cuerpos amorfos; cuerpos sin ojos. A veces, le bastaba con rozar una pierna tibia sin rozarla, o mirar una instantánea, única vez otros ojos para después rechazar esas naturalezas masculinas sin redondeces que deformaran la perfecta erección de su altura mientras él, casi acostado, los veía de arriba abajo sin emoción. El entusiasmo por hacer cómplices a quienes no lo conocían y en pocos minutos lo olvidarían por completo lo impulsaba a llevar los contactos furtivos un poco más allá de lo ambiguo. Y luego, salir casi de inmediato a respirar el aire atestado de otros vahos y tomar algún café; hojear alguna revista o entrar a escoger largamente un disco que no iba a comprar. Más tarde venía por mí. A las siete. Entonces, mi cuerpo abría una ventana y poco a poco, a hurtadillas, entraba el placer.

A intervalos, pero de modo muy lento, nos fuimos habituando a otras costumbres. Por mi parte, adopté partículas entrecortadas de una lengua desconocida hasta ese momento, y comencé a hablar con demasiada frecuencia de la cocina, el clima y las últimas noticias, es decir, de todos aquellos lugares comunes con los que compartía la dicha de una vida sin complicaciones. Comencé a disfrutar del placer de reconocerme cada día, idéntica y fiel a la persona que había sido el día anterior. Él, en cambio, permanecía inmaculado. Ser fiel a sí mismo significaba repetirse. Pero en ambos casos nuestro verdadero mundo permanecía oculto, y esa superioridad nos aislaba de un modo sorprendente del juego que nos incluía y nos hacía identificables. Por las noches dejábamos a sus padres en la compañía de los nietos que raramente disfrutaban con sinceridad, y salíamos a toparnos con una ciudad tibia y llena de esperanza. Nos entregábamos a la mañana de una noche que se abría para recibir nuestros mustios cuerpos anhelantes de observarlo todo, de embeberse de todos sus rincones. Para él hubiera sido un insulto hablar de lo ridículo que lucía con esa ropa anacrónica y envejecida con deliberación. Amaba los sombreros. Es curioso que ahora lo refiera de este modo, porque entonces me resultaba encantador. Me gustaba que sudara, por ejemplo. Ahora lo detesto. Pero en ese tiempo, un agradable tedio nos hacía disfrutar de todo lo que considerábamos sensual. A veces entrábamos separadamente en un bar y yo me alejaba para observarlo a distancia. Al invitarme, algunos minutos después, a compartir lo que de este modo podía resultar más interesante, ambos teníamos que admitir que la secreta complicidad que nos unía, obraba también en nuestra contra. Más tarde nos dirigíamos silenciosos a nuestra cama de esposos, y eso bastaba para que una distancia se nos interpusiera. Yo comenzaba a desvestirme dándole la espalda y él, sin notarlo, se volteaba hacia el lado opuesto, durmiéndose a los pocos segundos. Pasaría algún tiempo antes de que el sueño que súbitamente lo invadía todo fuera más un motivo real de incomunicación que una tregua: nuestras naturalezas están confeccionadas con tal meticulosidad que la memoria, siempre acechante, nos libera con cierta eficacia del apuro de la inconstancia. El temor que se oculta entre las valvas de nuestra noche era entonces sólo bálsamo y descanso.

No recuerdo cuándo empecé a disfrutar de la tristeza que mi adaptación le causaba. Él hubiera deseado que me buscara un amante, que intentara una vida alejada de lo vulgar, como la que antes compartíamos. Con su curiosidad antigua me miraba sin comprender la traición que con ello hacía a mi posible adulterio, mientras yo le sonreía, invadida de una extraña generosidad. Empecé a ocupar mis horas al lado de Alicia, mi cuñada, y de mi suegra. Tenaces como pulgas, los niños rondaban entre tanto, gritando, jugando, gritando:

> *Juan Pirulero mató a su mujer*
> *con siete cuchillos y un alfiler;*
> *todos creyeron que era un cordero*
> *pero era la esposa de Juan Pirulero.*

Hablábamos de los quehaceres, de los deberes, de los ciclos. Los rituales cotidianos nos hacían sentirnos seguras, próximas a la tierra; la purificación del diálogo incansable nos aislaba del miedo. Pequeños incidentes, como el hecho de que María, o Alberto, o Ramón sufrieran algún percance insignificante, cortaban la conversación por momentos y yo me regalaba, al tiempo de levantarme, una modesta convicción: "soy una fracasada", y me agradecía en silencio el placer de las humildes satisfacciones que la vida aún podía reservarme. Extrañamente, era feliz. Las visitas al interior de mis deseos eran cada vez menos frecuentes y la ausencia de caricias se fue volviendo una costumbre. Habíamos aprendido a expresar nuestro afecto a través de la tradición y la vida en familia a que nuestros parientes nos habían orillado con un esmerado proteccionismo, aunque no recuerdo que él hubiera estado en esas tertulias presente del todo sino muy rara vez. Yo hablaba por su boca y eso era suficiente. Desconocía sus gustos y opiniones deliberadamente con el fin de reinventarlo, y él se ocupaba de aprenderse con aplicación. Trataba de hacer suyas todas esas frases que no entendía y que se referían a su persona, y asentía con deferencia. Muy rara vez la distracción permitía que se hiciera algún silencio y entonces la angustia se nos metía entre la ropa, desconocida y perfecta. Empezamos a salir con menos frecuencia y a hacer más sencillas nuestras diversiones: al cine más próximo, al restaurant de la esquina. Él, sin embargo, buscaba con cuidado el momento más propicio para exhibir su disidencia. Se conformaba con poco; un tímido grafitti, una provocación. Y una atención moderada cuando exponía sus fingidas hazañas con demasiado aparato. La última de ellas había sido proponerme matrimonio.

¿Nos proponíamos imitar a nuestros padres, o una suerte de designio nos empujaba a actuar como ellos? Se hubiera podido registrar con precisión, de haberlo querido, la causa por la que esa suerte de complicidad se nos infiltraba cuando coincidíamos en la misma reflexión: desayuno a las ocho/niños a la escuela/trabajo/breve intercambio con el café;

niños del trabajo/parque/trabajo/cena y sueño: mirábamos nuestro pasado con desconfianza.

A nadie se le puede reprochar que odie y ame a la vez, así que ¿cómo saber lo que él y yo hubiéramos querido recriminarnos cuando nos mirábamos? Una tibia sonrisa: difícilmente podía convencerme de que algo iba a cambiar y sin embargo tampoco lo deseaba. Me gustaba verlo frente al televisor, gastando sus horas con indolencia; me gustaba que todo fuera siempre tan igual. Una muerte decorosa y a tiempo es todo lo que puede honestamente desearse, pensaba.

Los niños duermen; casi puedo oír el suave ritmo de sus pulmones y él está terminando de desvestirse: "este muñequito de hule ya se va a dormir", pero antes, apenas unos instantes, una larva pálida y sin esperanza: un sexo. Lo tomo con cautela entre mis manos y lo beso. También hubiera querido estrujarlo, torturarlo y morderlo y no obstante, lo beso con suavidad en espera de mi próxima ocasión de brillar: la comida, la limpieza, una fiesta de cumpleaños.

GRAFITTI
Amor por las letras

Una puede ser mujer de cierta edad, usar gafas y, si ha de hacer caso a la opinión de su marido, ser algo tonta, aunque, eso sí, muy emprendedora. Ir a la universidad, por ejemplo, y tratar de seguir una carrera humanística, digamos Letras Clásicas, aunque haya que desempolvarse la desusada razón, como dicen, y hacer acopio de valentía para levantar la mano en clase, como buena colegiala, y opinar cualquier cosa, lo que sea, con cierta solemnidad.

Una puede no sentarse del lado derecho, donde se sientan los exquisitos, como ellos mismos se han dado en llamar, sino sentarse de este otro, o sea donde se sienta el pueblo, como nos dicen, el popolo, y por tanto guardarse de andar dictando verdades sin que eso sea tampoco una cuestión fundamental, porque después de todo a veces se nos dificulta entender las lecturas de Tácito, de Publio Ovidio

Nasón y sobre todo las preguntas del maestro Pelegrí.

Una puede entonces levantarse de su lugar y salir de la clase y dirigirse al baño. Esperar un poco, digamos unos diez minutos, y ocupar el primer compartimiento que se desocupe. Disponerse a hacer lo que generalmente se hace en estos casos, y digo generalmente porque puede suceder que una mire de frente a la puerta cerrada y se tope justamente con eso, y se sorprenda.

Puede ser que una busque en torno suyo como avergonzada, aunque no haya nadie (una a veces se siente espiada), o que sienta el contacto de unos ojos íntimos que rozan el cuerpo con su frío, pero que obligan, no obstante, a quedarse impávida. Por fortuna, una sabe que se trata de una incomodidad momentánea, así que puede acercarse con cautela y observar a sus anchas el pito de tamaño prodigioso y el letrero en tinta roja dentro del mismo: "bésame quedito" y volver a sentir que se ruboriza y sofoca cada vez que lo repite en silencio, y que no puede evitar una sonrisa y un cosquilleo, sobre todo porque se sabe que los demás estarán discutiendo sobre Homero, sobre Xenofonte, y eso sin contar a los de enfrente que ya para entonces estarán denostando, componiendo, corrigiendo *La ciencia de la experiencia de la conciencia.*

De pronto una descubre, al lado del enorme pito, una máxima, como dicen: "A todas nos gusta porque todas somos putas." Y siente cómo súbitamente se transforma su expresión porque una tiene que hacerse la pregunta fundamental de si una es o no es lo que ahí dice que una es. Pero respira aliviada y mueve con levedad la cabeza para sí, y sonríe ante la fútil duda porque una sabe que por fortuna es de las personas que dedican su vida a otras cosas, o sea, que no pertenece al *aura mediocritas*, como dicen, y que aunque a una le choque y le moleste sobremanera la estupidez humana, no deja de ser intelectual por acercarse a ver una línea roja que forma un pito que desemboca en una boca y una advertencia: "Cuidado; el pepino engorda", firmado por su autora, Chepinga a tu madre. Entonces una sigue con la mirada los letreros más obscenos, los más llamativos dibujos, y luego se marea un poco, sólo un instante, con las cintas de colores de todas esas letras que también son moños dispuestos para regalo de colegialas y colegiales, porque una sabe que los hombres han de hacer también sus *Confesiones* en los baños, bien distintas a las del santo medieval, pero apenas piensa esto, se avergüenza nuevamente.

Una sospecha que la persona de afuera se ha de estar desesperando, pero en ese momento distingue con asombro el mínimo mensaje, como queriendo ocultarse entre el resto; una lo oye pedir con letra temblona de lápiz: "Ayúdenme a abortar", y se queda estupefacta y brinca asustada porque en ese momento se han puesto a tocarle; dos golpes secos, con rabia, y a decirle que se apure. Antes de abrir, una obedece a un extraño impulso y busca en la bolsa una pluma que sale de entre recibos y notas y escribe con trazos apenas más grandes que el propio letrero: "El aborto es un crimen", se echa para atrás, ve su obra y sonríe. Una siente algo como lástima, aunada al olor de las frituras grasosas que se cocinan abajo, donde alcanzan a oírse entre perros, escombros y comida, las frases del *Carmina Burana* que entonan los alumnos de latín y añade a su letrero "Dios te ayudará", jala inútilmente la cadena, y sale del baño complacida.

Afuera, un grupo de mujeres con cara de palo espera su turno mientras otras se maquillan y remozan; una puede pensar que sus razones tendrán, porque más allá del recinto infranqueable por los hombres, cuya puerta dice "damas", también se puede pensar en otra cosa que en Séneca, en Virgilio, en Cicerón. Una no sabe gran cosa de otras áreas porque acaba de entrar con cuarenta años y una pobre cultura a hacer carrera, pero puede imaginar que salvo los nombres, nada cambia, en esencia, en los salones contiguos.

Sin embargo piensa, y se azora por pensarlo, que las frases del maestro Pelegrí sobre Catulo serían realmente conmovedoras si vinieran de un hombre que las dice, pongamos por caso, mientras le mira a una las piernas.

Una puede ver cómo se filtra la luz de las ventanas del pasillo y tener todo el propósito de entrar a lo que resta de la clase, porque finalmente para eso decidió imponerse a su marido, pero entonces siente un deseo irresistible de dar vuelta y entrar otra vez al pequeño compartimiento del baño para damas.

Dejar el bolsón de casi piel, que sin embargo es plástico café porque costaba menos en la tienda, sentarse y contemplar la puerta es todo un mismo instante: inmediatamente después vienen la incredulidad y la risa. Una puede sospechar que las demás van a creer que una está loca, pero si no ha podido contenerse ha sido por la rapidez con que una ve que han contestado su mensaje. Una lo lee y luego enrojece: "A poco Dios es abortero", y entonces una como culpa que no acaba de aflorar del todo y enseguida una mancha de tinta diminuta: un teléfono. Una hurga en la bolsa y saca un papel que es la nota de la tintorería y saca también una pluma que es la misma pluma con que ha escrito antes, y, sin saber por qué, garrapatea copiando el teléfono. Antes de que los golpes en la puerta se sientan desesperados, una rectifica el número de teléfono que ha anotado y guarda el papelito. Entonces jala de nuevo inútilmente la cadena, y sale del baño sintiéndose ligera, casi volátil.

RÉQUIEM
Amor de madres

—POR FIN DESCANSA —DICE JUDITH, Y sincroniza su gesto con el momento en que, en cámara lenta, Betsavé repite con una voz distante, que parece venir de alguien que no es ella,

—no es posible,

y gira la cabeza hacia un lado y luego hacia el otro,

—no puedo creer que mamá esté muerta.

Silenciosas, miramos la escena. Tardamos en reponernos de la sorpresa, por un segundo es como si el desenlace no hubiera llegado todavía, no ha llegado, mamá no está muerta. Betsavé abre una boca inmensa, no está muerta, Judith se lleva las manos a la cara, no está muerta, Raquel tira de sus cabellos y arranca un par de mechones, todas gimen, mamá, todas al unísono y yo me reúno con mis hermanas y ahora somos cuatro pares de ojos llorando y al centro una muerta:

mamá.

Judith es la primera en retirarse. Inicia la marcha fuera del cuarto, las demás la seguimos con miedo, con gravedad, en fila india, llegamos a la sala y encontramos los objetos despatarrados, proseguimos hasta el comedor. Raquel habla de las cosas perdidas, de aquello que no tiene remedio.

—no podemos abandonarla ahora,

el olor a valeriana y enfermo es penetrante, emprendemos un fúnebre paseo, Judith tiene razón, es necesario volver al lado de mamá.

Pálida y terrible, sólo la cara asoma por encima de la colcha que compramos con los últimos ahorros, previendo el momento en que la familia vendría a darnos el pésame. Todo ha quedado bien dispuesto: las manos entrelazadas en espera del sacerdote, la manta que servirá de mortaja y la mueca final de quien no oculta que se ha llevado un secreto a la tumba.

El primer grito es de Betsavé, pero Judith no tarda en secundarla, se apodera de uno de sus pies, mamá, Raquel cae fulminada junto a la cama, Judith se hunde en el delirio. Proseguimos; los accesos de llanto se interrumpen porque hay que vestirla con propiedad, nadie debe verla así y Judith nos echa en cara, como si tuviéramos la culpa

—mamá no entra en los zapatos.

Negamos con la cabeza, no puede ser, las cosas comienzan a exhibir su disidencia, dice Raquel, es la anarquía de los objetos que se sienten abandonados por sus dueños. Betsavé exclama consternada:

—una vez tuvo los pies de una japonesa.

Sumidas en la desesperación pasamos esa primera noche, sin aliento, sin ninguna energía para informar del deceso a los parientes. Doce, veinticuatro, treinta y seis horas y nosotras reteniendo la última imagen, acercándonos al rostro amado, recordando su última promesa, no las abandonaré, mamá ejerció, mientras pudo, la monarquía de la bondad.

Rondamos el cadáver, somos moscas en torno a un suculento manjar y vamos cantando salmos, mamá, mamá.

—Tendrá frío,

dijo Raquel al ver su boca amoratada y enorme, Betsavé se acomoda en una silla y llora, Judith va al ropero y busca unas medias negras, mis hermanas y yo suspiramos al unísono, las piernas de mamá empiezan a desbordarse de la cama. Debió usar unas fajas enormes, pienso. Llamo la atención de mis hermanas, somos sus hijas, mis hermanas aguardan con impaciencia, sabemos que somos sus hijas. No podemos abandonarla a su suerte.

Raquel es la primera en hablar de ello, mamá luce un bozo considerable, Betsavé, voltea, Judith, voltea, Deborah, voltea, miramos a la muerta con desconfianza.

Nos asalta un chillido familiar, mamá, Raquel explica

—es la tetera

y se dirige a la cocina.

La cama empieza a resultar demasiado estrecha, Raquel solloza, mamá no debería usar sostenes tan apretados.

—Pudo haber sido todo tan fácil —dice Judith, y apresura el momento en que debemos enfrentar lo inevitable, no podemos enterrarla, no podemos recibir las condolencias, no podemos salir con una mentira piadosa, mamá está creciendo y va a desfondar la cama. Betsavé se retira por fin de la ventana, mamá no resiste que el mundo se haya quedado sin ella, nos dice, Raquel se agita por la habitación como un pájaro demente.

Mis hermanas se arremolinan junto al cuerpo rígido, apenas queda espacio, me seco las últimas lágrimas con el suéter.

Su gordura ha logrado avergonzarnos, afrentarnos, es mamá, nos dicen las sillas, perjudicarnos, desafiarnos, disminuirnos, mamá, grita el acordeón abandonado junto a su delantal, aplastarnos, mis hermanas suspiran a intervalos regulares, es mamá que se ha ido.

—No hay por qué alarmarse —dice Judith—. Mamá está muerta.

Raquel tamborilea con una mano, Betsavé mira dentro de su taza. Suspiramos.

Judith intenta acercarse a la ventana, Raquel se lleva las manos a la cara, por qué nos hace esto, la rodilla inmensa de mamá le cierra el paso. Las piernas ya rebasan el borde de la cama, comienza a faltarnos

—aire —dice Raquel.

Es inútil seguir resistiendo; mamá ha decidido cumplir su última voluntad.

EL HOMBRE DE ESTA MUJER
USA TRAJES SIDI
Amor platónico

DISCURRÍAN CON AGRADO SOBRE ALGUNOS temas de actualidad; conversaban sobre las maneras de evitar el cáncer a través de la ingestión de verduras fibrosas, sobre las consecuencias de la bomba de neutrones, sobre diversas formas de llegar a una muerte sin dolor. Se trataba de dos adultos lujosamente vestidos a crédito que nunca discutían, que rara vez se alzaban la voz. Que habían encontrado la fórmula para evitar gastarse en las mezquindades de la vida práctica. Que eran, lo que se dice, una pareja sólida.

Él estaba secretamente enamorado de una rubia de piel maple, hermosa y decorativa como un florero de Burano. La joven tenía pechos extrovertidos y un par de muslos juguetones que hacían pensar en los delfines amaestrados. Aquella muchacha exhibía una impúdica modorra: echada boca abajo sobre la arena, tenía la costumbre de apretar los brazos en que se apoyaba, como invitando a los pechos a proyectarse hacia su observador en turno. Él le habría bajado la luna y las estrellas y las habría ofrendado a los pies de la rubia de no ser porque alguien más había ya puesto un letrero en ese sitio. Pero la joven permanecía indiferente al mensaje que rozaba ligeramente su bikini: "Acapulco: el paraíso más cerca que nunca."

Todas las mañanas, la joven del anuncio llegaba puntual a la oficina. Comenzaba su trabajo frunciendo los labios y mirando de reojo a los hombres en torno suyo, como si acabara de morder un cactus y quisiera mostrar a todos la bonita secuela de ese accidente. El hombre languidecía ante la hinchazón perpetua de esos labios y los imaginaba moverse para él, al ritmo de húmedas conversaciones mantenidas en secreto. La observaba circular por la oficina, recién bajada del cartel, y mirarlo de forma intensa. No importaba que las mangas cortas revelaran unos brazos blanquecinos y sembrados de pecas, ni que durante el almuerzo la joven hubiera comentado que nunca había estado en una playa. El hombre sabía que la nueva recepcionista había bajado del cartel para asediarlo con los ojos y convencerlo de fugarse con ella al puerto de Acapulco.

La mujer de este hombre ignoraba todo respecto de las relaciones extramaritales de su esposo. Pensaba que la alegría de su marido era ocasionada por los esfuerzos invertidos en guisos y atenciones; que la sonrisa con que llegaba a casa después de su trabajo era producto de la simple felicidad conyugal. A cambio de una relación tranquila, los esposos habían acordado evitar cualquier mención a temas que de común inoculan a los hogares más consistentes con el germen del desgaste. Y ahora la vida les redituaba esta falta de comunicación con creces: él tenía motivos para volver feliz de su trabajo sin tener que dar explicaciones y ella podía tolerar sus prolongados insomnios sin que la falta de sueño la afectara.

El hombre por quien esta mujer pasaba noches enteras en vigilia era perfecto. Hablaba poco y poseía una mandíbula cuadrada capaz de contraerse en una mueca que ella interpretaba como la sonrisa inequívoca de quienes no conocen las deudas ni el mal aliento. Noche a noche, el hombre aparecía frente a la mujer vestido de casimir, y cada vez tenía el mismo gesto enamorado al ofrecerle las llaves del auto que aparecía junto a él. *Taurus, Cougar, Cutlass Eurosport,* las frases amorosas brotaban rítmicas, como un ensalmo.

Ella conoció al hombre del auto de manera fortuita, como ocurre siempre en los grandes romances. Había pasado la mañana tecleando solicitudes ajenas, y por la tarde había llegado a su casa con desgano a preparar chop-suey conforme al recetario que venía de obsequio con la salsa de soya. Escuchó el mensaje en la contestadora, una imprevista auditoría, y decidió cenar sola frente al televisor. Estaba a punto de levantarse por un segundo plato cuando lo vio salir de un auto negro equipado con estéreo, dirigirse a ella y ofrecerle las llaves. Nadie la había mirado así, nadie le había brindado algo con tanto desinterés. Ella no sabía manejar, pero se cuidó bien de no mencionar este detalle. El hombre del auto se decepcionaría. Él continuó acosándola con una de esas miradas que no suelen tener el mismo efecto delante de los maridos y que hacen a algunas mujeres sentirse de nuevo adolescentes apenas despertadas al deseo. La mujer sintió que se ruborizaba, pero tuvo el coraje de retribuir al hombre con una mirada idéntica, que era en realidad una promesa. Entonces, apagó el televisor.

Todavía se hallaba pensando en la forma adecuada de pedirle al hombre del auto que la enseñara a conducir cuando su marido encendió la luz de la salita. Había tocado el timbre para no tomarla por sorpresa, pero ella creyó que era el cláxon del auto que el hombre le ofrecía, de modo que al ver la cara de ese individuo extraño con el que llevaba viviendo tanto tiempo, la mujer pegó un agudo grito. Él trató de consolarla:

—¿Por qué no te fuiste a acostar a la recámara?

—Me quedé dormida.

—¿Con un plato encima de las piernas?

—A veces duermo así.

—Oye, no te muevas. ¿Qué tienes? Otra vez te salieron manchas en la frente.

—Es la píldora.

—¿Por qué no cambias de marca? ¿Por qué no cambias de método?

¿Por qué no te rellenas de aserrín?

Pero esto último no lo dijo, y la mujer estaba demasiado imbuida en su nuevo romance como para ocuparse de píldoras y métodos alternativos. *Chanel, Guerlain, Christian Dior:* su cabeza sólo podía pensar en frases románticas. Una original fragancia, un maquillaje adecuado para la ocasión del reencuentro. Nunca había estado tan cerca de tocar la luna; nunca había conocido el verdadero amor. A fin de que éste no se evaporara, puso rápidas manos a la obra. El aceite, el astringente, el gel natural. Los lubricantes que evitan la pérdida de la humedad y devuelven a la piel su juventud y lozanía. La jornada iniciaba con una sensación de apremio, con ese deambular ansioso que precede toda aventura. Despertaba con un campo de jacintos en los párpados soñolientos: juraba haber oído el canto de las aves mientras paseaba con su marido en pleno periférico; aspiraba en el ambiente citadino un fresco aroma a bosque, a flores, a especies delicadas. Sus excitantes mañanas estaban hechas de nutrientes y suspensiones de colágeno: se sentía dulcemente acariciada por efluvios de agua, alcohol, cloruro isopropílico, trietanolamina, ácido butilaminoetílico. Es decir: había aprendido a recibir con humildad el roce de finísimas capas emolientes que no dejan residuos grasos. Es decir: inevitablemente amanecía envuelta en arcoiris matutinos de frescura; dormía arrullada por conciertos nocturnos de aromas concebidos para disfrutarse en la intimidad. Es decir: atomizador, natural spray, vaporisateur: la mujer había comenzado a enamorarse.

La certeza de que hubiera un paraíso y en éste un lugar reservado para ella, la hizo concebir nuevas esperanzas. De pronto, los años de pacientes ahorros bancarios comenzaron a cobrar sentido. La que hasta entonces había sido una esposa diligente pensó en huir con el hombre del auto, darse a la fuga por carreteras transcontinentales, devorar golosa al lado de su amante kilómetros y kilómetros de asfalto. Esa noche, su marido la sorprendió con una botella de Möet&Chandon y la intención de navegar juntos algunas brazadas de placer. Ambos seguían siendo una pareja de adultos elegantemente vestidos a crédito y, no obstante, a partir de sus encuentros furtivos con el amor poseían una energía extraña, una sonrisa impertinente que hacía suponer a los demás que eran cómplices de un plan secreto. Antes de comprar la botella de Möet&Chandon, él había experimentado una sucesión de descargas eléctricas muy parecidas a la felicidad. Lo había despertado el mismo dolor de ciática que sentía por periodos desde hacía diez años, se había tomado el mismo medicamento que tomaba desde entonces, se había lavado los mofletes y visto las bolsas debajo de los ojos que veía cada mañana, pero algo había cambiado en su forma de enfrentar los primeros actos del día. Desde que la recepcionista había decidido bajar del anuncio y acompañarlo a su oficina, un cosquilleo ansioso le impedía permanecer tranquilo y lo lanzaba minutos más temprano a iniciar su viaje por la costa del Pacífico entre acelerones, bocinazos y puentes periféricos. Aguardaban con estoicismo el momento de pasar los nudos de Las Flores y Tacubaya; sonreía previsorio a los baches y hoyancos, y se agradecía en silencio el aviso siempre eficaz con que solía anunciarse la próxima salida. Entonces las manos comenzaban a sudarle. Por fin había llegado el momento de quedar congestionado en el cruce de Reforma e Insurgentes; por fin se enfrentaría a los constantes ruegos de la rubia que una vez más lo animaría a acompañarla al puerto de Acapulco. Desde el anuncio, la recepcionista lo hacía confiar en que sus desplantes amorosos iban dirigidos sólo a él, en que no habría prórrogas ni negativas si él se decidía a aceptar su invitación. Ella tendría una actitud comprensiva que lo haría olvidar la diferencia de edades. Sería consecuente con su torpeza, generosa con la carne pálida y algo colgante del pecho, y quizá hasta mostraría cierta ternura por las pantorrillas flacas y los tercos filamentos que empezaban a asomarse por las orejas de este hombre. La belleza de la joven bastaría para incluir a ambos; su agilidad acuática, para colmar cualquier necesidad de movimiento. Esa noche, sumergida en el oleaje del Möet&Chandon, la pareja de esposos emprendió uno de lo más alegres viajes en conjunto: él pudo bañarse al calor de los mares del sur; ella se atrevió a vencer el miedo y conducir la frágil embarcación por terrenos inexplorados.

El día los sorprendió sin que hubiera tiempo de abluciones y rutinas matinales. Ambos se vistieron apresuradamente y se dirigieron cada uno a su trabajo. Él pasó una sucesión de autos, vendedores ambulantes y niños improvisando contorsiones. Pronto llegó al cruce de Insurgentes y Reforma y se ubicó debajo del cartel. Pero ese día la joven había decidido abandonarlo. En su lugar, había un mensaje sobre bienes raíces, y nadie, por buenas que fueran sus intenciones, parecía saber por quién estaba preguntando este hombre. Todavía sin entender lo que ocurría, se dirigió a enfrentar uno de los días más tristes de su vida en el trabajo. Toleró la vulgaridad con que sus colegas se referían a la rubia superior del anuncio que habían quitado esa mañana; resistió con singular aplomo el contraste de la falta de atributos de las mujeres que trabajaban en esa oficina.

Ninguna parecía ser digna de la menor atención. Ninguna contenía el misterio de la rubia. Y ese día no estaba de humor para hacer concesiones a los brazos lechosos de la recepcionista. Supo que a partir de entonces tendría que conformarse con hacer su trabajo mirando a un punto lejano, perdido en el rumor de olas que avanzan por la cuerda floja.

Volvió a casa con el testuz hasta el suelo. Rumió en silencio la ensalada rusa que su mujer le había preparado y se dejó conducir con mansedumbre hasta el televisor. No había acabado de torturarse con el recuerdo de noches ya imposibles entre palmas y cocoteros cuando oyó el grito estentóreo de su esposa. Volvió con rapidez de su viaje por la costera y encontró a su mujer a punto de un ataque:

—¿Qué le hiciste al televisor?

—¿Yo? Nada.

—Tú fuiste el último en apagarlo ayer.

—Bueno, y eso qué.

La mujer no se atrevía a decir a su marido que el hombre del auto no había venido a visitarla. En lugar del pretendiente estaba esta impúdica mujer vestida de leopardo, y la estaba mirando desafiante. Una voz en *off* informaba sin que nadie se lo hubiera preguntado: "El hombre de esta mujer, usa trajes Sidi." ¿Y a ella qué podía importarle lo que usara el hombre de esa lagartona? Lo que ella quería saber era por qué aparecía este felino en vez del hombre de sus sueños. Pero en vez de responder, la mujer aleopardada comenzó a contorsionarse y le mostró los dientes. Ella miró el hocico cuidadosamente maquillado y tuvo un fogonazo de lucidez.

¿Quién era realmente el hombre de esta mujer? ¿Por qué no se mostraba, por qué no se atrevía a dar la cara? ¿Por qué la había abandonado?

Su marido hizo un comentario sobre el porte y la elegancia de la mujer cuyo hombre usaba trajes Sidi. No cabía la menor duda: debía tratarse de un verdadero *gentleman*. El hombre se esmeró en pronunciar con cuidado esta palabra, yentlman. Eso bastó para que la mujer se lanzara contra su marido hecha una furia y lo acusara de ser un crédulo, un ingenuo. Era increíble todo lo que un esposo era incapaz de ver detrás del mundo de las apariencias. El hombre de esa mujer... iba a decírselo: era un hipócrita. Un traidor que vivía de hacer falsas promesas. ¿Acaso no podía conocerse a un hombre con tan sólo mirar a su mujer? Pero, ¿era suficiente con mirar a una mujer todos los días para estar seguro de sus intenciones?

Ella sabía; él sabía. Ambos sabían lo que sabían.

Y en el televisor no estaba la tranquilizadora sonrisa de alguna estrella de cine para servirles de trinchera. Ni siquiera pudieron recordar las palabras de aquel rezo tranquilizador: *Sumbeam, Chrysler, General Electric.* Él no llegó a su trabajo al día siguiente, ni al siguiente. No era la primera vez que un hombre se quedaba plantado por su amante. Tampoco era la primera vez que decidía quedarse a esperarla. La mujer de este hombre se limitó a encender el televisor en cuanto aparecía el primer

programa y a apagarlo en cuanto terminaba el último. *Diorissimo, Diorella, Diorama.* Aún estaban los
muebles, los adornos, los finos acabados de la casa.
Aún estaba la colección de potes, y tarros con
sedosas cremas, y la voz en *off* desde el televisor:
una sinfonía de esperanzas, de labios y suspiros.

DILETTANTES
Amor en la postmodernidad

Contra lo que pueda pensarse, mi temperamento no va con la vida sana: no soy de naturaleza atlética o dada a los deportes. En cuanto a Julio, nada le produce más mala espina que el naturismo o las nuevas filosofías. Tal vez por eso, cuando nos avisaron que le habían dado la beca para estudiar en Los Ángeles, "la ciudad a dos minutos del mar y uno de la postmodernidad", vimos que un precipicio se abría delante de nosotros. "Ay, no sean exagerados", nos decían los amigos, "cinco años tampoco son el fin del mundo".

Los meses anteriores a la partida fueron un infierno. Mientras a otros les llegaban sobres lacrados con sellos y emblemas de Harvard, o Princeton, o cualquier otro sitio con cuando menos doscientos años de historia, nosotros recibíamos correspondencia en papeles chillones con logotipos donde se veían las puestas de sol de Venice Beach o las pasas de California vestidas en shorts y cantando. Alguien tocaba a la puerta, Julio recibía el correo y miraba dentro, esperanzado. Pero en vez de recibir folletos universitarios con las consabidas frases en latín, "Duc in Altum", "Dominus Illumina Tio Mea", las cartas de nuestra futura universidad incluían cupones para obtener descuentos en distintos artículos, mapas y direcciones de tiendas y restaurantes. Hasta la tarjeta de bienvenida del rector estaba firmada junto a una frase enigmática: "Don't worry, be happy", que entonces no supimos interpretar. "¿Qué voy a aprender de una ciudad que anda en patines y se rige bajo el principio de que 'la vida es una playa'?", me explicaba Julio, desolado. Y yo, que sólo iba en calidad de acompañante, le aseguraba que el mundo siempre parece más simple de lo que es, que toda experiencia tiene algo que enseñarnos, aunque no albergaba demasiadas esperanzas.

Los primeros días en L.A. la pasamos muy mal: engordábamos y adelgazábamos de modo espectacular y nos negábamos a conocer gente. El panorama de los exbecarios mexicanos era aterrador. Uno de ellos había llegado hacía mucho a estudiar cine en Hollywood y decidió quedarse a vivir en la meca del celuloide. "Dejé mi corazón en Disneylandia", nos explicaba con gesto de mortificación. Todavía no filmaba su primera película pero no pensaba regresar a un país donde todo eran desgracias y las películas con final feliz se contaban con los dedos de una mano. Otro era un economista y, según nos dijo, no tenía reparos en estudiar su carrera en los shopping malls mientras durara la beca. Sólo llevando a Adam Smith a la práctica podría tomar decisiones plausibles cuando volviera a su patria a ejercer como jefe de la economía. Ahora estaba feliz, pero el tiempo obraba en su contra: "Cinco años", nos susurró al oído, "cinco años y entonces sabremos lo que es el fin del mundo".

Gloria era la coordinadora de becarios y no había una sola de aquellas fiestas en que no se presentara. No sé si hubiera llegado a acercarme a ella, de no darse esta circunstancia. A pesar de todo, nos hicimos buenas amigas. Ella con sus blusones autóctonos, con teñidos naturales y dibujos a grecas hechas por los indios pueblo y yo con mi falda gris a cuadros, camisa blanca con cuello de encaje, tacones discretos y aretes de perlita, estilo Jackie Kennedy. Una gota de agua y otra de aceite; yo siempre escurridiza y ella todo lo contrario. Estaba empeñada en convertirme a una nueva vida, la vida que había descubierto en aquellas tierras.

Hasta ese momento había pasado las mañanas limpiando y esperando a Julio, y las tardes esperando a Julio y comiendo galletas frente a la televisión, pero Gloria tenía esperanzas de que yo sufriera una metamorfosis. Un cambio semejante al que había experimentado ella misma en los pocos años de becaria, y así, me llevaba a todas partes: a sus cursos de postura, meditación trascendental, masaje Shiatsu, arreglo floral Ikebana y medicina holística de lunes a jueves, y los viernes, a las conferencias para inmigrantes sobre control natal y derechos de la mujer en el Tercer Mundo, a cargo de las damas voluntarias de La Liga de la Leche. El objetivo principal de las conferencistas, todas ellas madres y mujeres de éxito, era hacernos ver cómo es que los empresarios, los publicistas y los gobernantes de nuestros países se habían confabulado para privarnos del gozo de criar a nuestros hijos en un mundo más sano y de amamantarlos, cuando menos, durante los tres primeros años de vida. Como parte de su estrategia, decían estos hombres, habían inundado el mercado con chupones, mamilas y botellas, haciendo del acto de amamantar algo anacrónico y salvaje. Yo no tengo hijos, ni pienso tenerlos, cuando menos en esta vida, pero Gloria hacía caso omiso de este detalle e insistía en pasar por mí, puntual, todos los días.

Entre tanto, Julio había cambiado las miradas dulces, compasivas, por un gesto de desprecio.

—Tú y tus nuevos amigos —me decía— no tienen los pies en la tierra. El problema de todos ustedes es que están empeñados en creer que la vida es una novela.

Gloria me aconsejaba no hacerle caso. Nuestras ideas podían no concordar, pero su forma de vestir y de conducirse me hacía verla como una persona moderna, decidida y natural, y desde luego, más como un personaje que como un ser de carne y hueso. Bueno, ¿y qué si Julio tenía razón? Su claridad para ver el mundo no lo hacía más feliz. Tal vez por esto o porque ella era mi única amiga fue que decidí acompañarla a todos lados y me aferré a su brazo como a una promesa. Mientras Julio leía a Hobbes, a Locke y a Benjamín Franklin con los ojos inyectados por el cansancio, yo asistía cómodamente a mis clases y luego, con unos panqués horneados en mi clase de repostería sin levadura, me sentaba alegre frente al televisor. Hasta ese momento yo había sido, como Julio, una persona amargada, llena de resentimiento. Creía ser producto de una sociedad mezquina y consumista y me pasaba las tardes lamentándome inútilmente por haber nacido en un mundo frívolo y lleno de basura. En cambio en mis clases aprendí que, si uno se lo propone, el mundo puede ser realmente una novela.

Abriendo mis sentidos a una nueva forma de percibir las cosas pude vislumbrar el horizonte de placeres que ofrecía la nota roja o los programas de opinión donde uno puede sentarse a hablar de sus perversiones como quien da una receta. Y llegué a disfrutar, como antes hacía con una historia, las misas en video y los partidos de golf por cable. En mi clase de pensamiento holístico fue donde me enseñaron que las series de televisión son intrascendentes sólo en apariencia. En realidad, encierran un significado optimista, ya que hacen darte cuenta de que no hay ningún problema, por grande que sea, que no pueda resolverse en treinta minutos. En cuanto al cine, te hace derramar tantas lágrimas por el dolor ajeno que sólo si eres muy egoísta te acuerdas de pensar en el propio.

Pero no hay plazo que no se cumpla y entre los cursos de Julio y los míos pasaron como un soplo aquellos cinco años. Qué sería de la creatividad de mi amigo el cineasta si un día, como nosotros, decidía regresar, pensé. Qué iba a ser de mi amiga Gloria con su profesión de iridóloga con especialidad en energía corporal, qué iba a ser de mi amiga que gracias a sus cursos ya sabía curar por carta, y podía diagnosticar las peores enfermedades a través de un pelo del paciente enviado por correspondencia. Había llegado el momento de poner a prueba lo aprendido, de iluminar al país con nuestros nuevos conocimientos. Había que abrir los ojos de nuestro pueblo y enseñarle el camino de la postmodernidad. Había llegado nuestra oportunidad de brillar. Las evidencias decían que nos esperaba el paraíso, pero yo, como los demás, sabía que lo que estaba esperándonos era el fin del mundo.

—Por el futuro —brindó mi amigo el cineasta, y entonces se hizo un gran silencio.

Julio se atrevió por fin.

—El futuro no existe —dijo, quién sabe si para ahorrarme la angustia de sabernos a un paso del fin del mundo o si porque en verdad creyera que esa historia que acababa yo de contarle servía de algo: una premonición, una advertencia, un modo oblicuo de anticiparse al mundo que nos esperaba si decidía aceptar la beca.

ISLA EN EL LAGO
Primer amor

Entonces me daba por esperar ansiosa el futuro que fuera tras la puerta. Llegué al Centro y me encaminé sobre Madero como si lo hiciera por primera vez, extrañada de caminar mi ciudad con nuevos pasos, es decir, de ser benévola con esta tierra de nadie. No tenía obligaciones y esa única cualidad me evitaba tener que explicarme lo que hacía o exigirme algo tan absurdo como ser yo misma.

—Perdón, ¿está ocupado?

—Sí, estoy leyendo.

Podía ser transparente, no quedarme en las cosas, y como si eso accionara algún tipo de conjuro, la vida fluía sin tropiezos.

—Me refería al lugar, no a usted. ¿Está ocupado? —sonreí.

—No, no está ocupado.

Cada tramo del Centro, cada rostro, cada losa de mármol del metro rezumaba una forma especial de apasionamiento, la única con que yo quería explicarme el mundo. A mis veinte años, como había oído en algún sitio, "pensaba mucho y mal", pero en cambio no estaba dispuesta a hacer nada que no sintiera.

Unas veces comía en algún café, otras, en cualquier lugar desde el que pudiera ver hacia la calle sin sentirme invadida. Sitios concurridos en los que sintiera diluirme con facilidad. No compartía el café, ni la conversación. Tampoco creía en el poder que otros suelen adjudicar a las palabras. Me sentaba a observar a los seres que acostumbraban abismarse en el placer de una telenovela sin sonido, o en los pormenores del fraude más comentado, y tras hartarme con todas esas imágenes, abandonaba la mesa para sentir el rayo de luz en los ojos, avanzaba otro trecho frunciendo el entrecejo y entraba en el pasaje del hotel Del Prado o en algún comercio cercano. Me inventaba la necesidad de un paquete de algodón o un par de medias y, siempre sintiéndome un poco espiada, retomaba mi rumbo hacia ninguna parte. A veces podía comportarme con valentía: sostenía la mirada de un transeúnte o me atrevía a asomar a través de la ventana de algún departamento. Sólo cuando permanecía inmóvil comprendía que estaba sola.

La primera vez que vi a Andrés estaba sentado en el café, frente a mí. Su altura lo hacía estar más allá de todo. Estaba sentado con las piernas extendidas hacia la base de la mesa, los brazos cruzados esperando su turno. Así era él: parecía estar siempre en espera de una oportunidad para brillar y, no obstante, brillaba. Tenía un modo agradable de permanecer, simplemente, aun cuando semejara pasarse la vida en otro lugar, y eso era suficiente para hacer de algunas partes de su cuerpo algo bello, sin que él lo supiera, las manos, por ejemplo; era hermoso verlas reposar, no haciendo nada, ajenas a su propia belleza.

Sentada a distancia, yo veía la manera orgullosa que esas manos tenían de separarse del cuerpo y descansar sobre la mesa o sobre sí mismas. Eran unas manos capaces de hacer sentir las caricias más convencionales, pensé, y sin embargo, esa forma que tenían de estar cuando eran independientes, las volvía ejemplares. Seguramente eran un par de manos capaces de tocar con suavidad, pero como yo estaba harta de toda esa técnica, de tener que contar una vez más esa historia que había confeccionado a modo de carta de presentación, la mía, hecha más de deseos que de verdaderos recuerdos, sin mirar un ápice la bragueta de este hombre sentado en el café frente a mi mesa, me acerqué a pedirle la silla que no estaba ocupando:

—Entonces, ¿puedo tomarla? —mis manos sostenían la silla por el respaldo. Se llevó la mano a la boca y se entretuvo en mirarme; yo hubiera añadido cualquier otra cosa con tal de prolongar el momento elástico en que Andrés asentiría largamente, mucho antes de ocupar, primero la silla, y poco después, parte de su vida.

Había venido a escribir, dijo. Sobre la mesa había un libro abierto en una página maltratada por el uso. Como quien no quiere la cosa, empecé a mirar el libro de Andrés, con la intención de entrar en su vida, así fuera por una puerta muy angosta. Su mano reposaba sobre el margen derecho, a la expectativa. Quería hacerme presente a toda costa, pero mi cabeza se había vaciado, la atención fija en las nervaduras de esa mano, como si quisiera atravesar su superficie y encontrar no sé qué secreto que se ocultaba en ella.

Oh Dios, oh Venus, oh Mercurio, patrón de los
[granujas
en la ocasión propicia concededme, os lo ruego,
una tabaquería no muy grande.

Así, sin reparar en el hecho mismo, como cuando el estupor hace que nuestra atención se prenda del primer objeto que tenemos delante, yo empecé a leer los versos de ese poema escrito en el libro. Era un acto inútil: lo único que hoy recuerdo y que queda de todo aquel sentimiento es, inexplicablemente, el objeto y no la causa de aquel estupor. Éste y el poema quedaron impregnados para siempre; dos hermanos. No así la razón de mi necesidad de sujetarme a un hombre que amaba a Pound, decía, ese gran farsante.

Con envases brillantes y menudos
apilados en orden sobre los anaqueles
y las pendientes piezas olorosas de tabaco prensado
y en tiras
y el lustroso Virginia
puesto debajo del cristal pulido,
y un par de escalas sin excesiva mugre
y las putillas que de paso llegan a cambiar dos
[palabras
una frase de prisa, y a componerse un poco el pelo.

Él acudió por enésima vez al acto ritual de leer poesía. Yo, en cambio, no era una persona culta. Mis largos paseos constituían mi única riqueza espiritual, por así decirlo, porque mis conocimientos rara vez tenían una relación con las ideas de alguien que no fuera yo misma. Sin embargo, cuando reparé en el significado de esas líneas tantas veces repetidas por una suerte de memoria mecánica, cuando pude construir la escena completa, Andrés recitando largos párrafos, asegurando de tanto en tanto que eran lo mejor que se había pensado jamás, yo misma me asombraba de la facilidad con que se puede olvidar lo que uno piensa y adoptar las ideas del otro. Yo era otra. No había escrito media línea y, sin embargo, el impulso que me había llevado a comprender si no el texto, al menos una parte del mundo de Andrés, era el mismo del autor de esas líneas y sólo por eso yo me había vuelto parte de ese autor. Era un grupo de frases que bien podían no hacer ningún sentido: un poeta pidiendo a Mercurio, dios del comercio, que lo volviera tendero, que le prestara una tabaquería no muy grande para ver a las putas componerse el pelo o a los hombres acercarse a comprar tabaco. Finalmente pedía que lo establecieran en otra profesión cualquiera, salvo en su maldito oficio de escritor.

Yo no entendía cómo una persona puede pasarse la vida haciendo algo que le disgusta sin poder retirarse de eso que detesta, pero no dije nada porque sentía un gran placer de oír todo eso dicho por alguien que me gustaba tanto.

Mientras conversábamos, la tarde iba poniéndose de nuestro lado: una suave penumbra iluminaba los objetos, invitándonos a mirar las cosas de un modo distinto. Andrés me habló de lo absurdo que le parecía su vida, la mía y la de todos, hablaba, hablaba dulcemente. Detrás de toda su amabilidad había un odio secreto que disimulaba en las minucias de su gentileza cuando se dirigía, igual que un maestro a un alumno, a mi persona. Así, yo era inferior, pero él me trataba como un igual: era una piadosa manera de hacerme sentir feliz. Hablaba y hablaba, digo, quería ganar tiempo, su atención puesta en cualquier otra cosa menos en mi persona, hasta que comencé a hurgar en mi bolsa, buscando el dinero de la cuenta. Andrés me miraba de reojo. Conté, dentro de la bolsa, los billetes que había recibido en pago por mis ventas y él llamó a la mesera. Cerró el libro de poemas, una edición bilingüe, empastada en rojo, y se mantuvo tranquilo. Ezra Pound, *Poemas*. Para un tipo como él, evidentemente era una cantidad considerable. En el estado casi larvario en que se mantenía, con mi dinero podría subsistir durante varios meses, comprar algunos libros, y cenar un par de ocasiones en algún restaurante de lujo. De nuevo, pedí la cuenta, mis dedos casi prensados en el fondo de la cartera se mantuvieron todo el tiempo dentro de ésta. Había crecido de un modo vertiginoso, Andrés me miraba con admiración. Antes de sentarme en su mesa, no habría sabido quién era el autor de ese libro de poemas, no habría podido librar una sola batalla con este hombre que ahora se precipitaba en la ignorancia. Pagué y me colgué la bolsa de un hombro, él me abrazó de un modo exagerado y se situó del lado contrario. A pesar de sus esfuerzos por contradecirlo, se le había olvidado que existía un tal Ezra Pound, su tema favorito, esa alianza que ahora nos suspendía de un modo frágil, como una pinza de peán.

Llegamos al hotel Gillow después del habernos reconocido durante largas horas en el café. Pertenecía a esa categoría de hoteles que, como queridas de algún antiguo funcionario, aún exhiben con relativo orgullo aquellas partes del cuerpo que constituyeron sus pasadas glorias. Inequívocas bellezas decadentes como imperios devastados. Bastaba con llegar a estos lugares para darse cuenta de que, de un modo terrible y prematuro, su antigua opulencia había ido a situarse a otra parte de la ciudad. Detalles como la estancia abovedada y umbría o las escarapelas del tapiz nos conmovían profundamente.

Pago la habitación por adelantado y nos encaminamos hacia uno de los pisos superiores, poseedores de la magia que este lugar nos confiere. La escalera de granito tuerce hacia el lado derecho y se topa con una pared que la hace perder su forma serpenteante y ceñirse a un cubo. En cada descanso, una especie de pequeño balcón permite mirar hacia abajo y descubrir un patio cubierto por un tragaluz con algunas macetas, a modo de jardín interior. Nos detenemos un momento a observar ese diminuto invernadero rodeado de cuatro muros inmensos, que lo hacen mejorar notablemente. No amamos el campo. Tras la sorpresa de los primeros minutos, éste se vuelve un lugar inhóspito, el verdor se prolonga hasta la locura, hasta hacer insoportable el desamparo. En varios kilómetros no se distingue el trabajo humano, un refugio donde coincidir. Nada más ajeno que esa materia viva, que los murmullos nocturnos. En la naturaleza uno es siempre ajeno, refractario; en cambio, una planta dentro de la casa es una modesta sorpresa, la discreta nostalgia de nuestros años animales.

Pensé que por lo menos una vez al día todos debían sentir su vida reducirse a un espacio semejante a ese jardín. Una vida cercada por un muro que sin duda sabemos hermoso y familiar, pero oprimente. Finalmente, como todo muro, una distancia. Ese pensamiento me confirmó en la convicción de que sólo en función de esa distancia con lo que algún día fuimos, todos los hombres somos en cierto modo desgraciados, aunque no sea sino por el mero hecho de tener que vivir acordándonos de algo. Ya fuera por eso o por cualquier otra razón, sentí la necesidad de abrazar a Andrés y de besarle la cara varias veces, olfateando. Me gustaba su olor a cuerpo de Andrés y a café seco. A tabaco. Pero mi gesto pareció asustarlo y, molesto, me retiró como para observarme. Quién eres. Decididamente, había algo que se nos escapaba. Como cuando de niños, en el carrusel, jugamos a huir de quien está atrás nuestro y que nos persigue, sólo que, como nuestra huida es circular, acabamos por no saber si huimos o seguimos con deseo a ese otro que estamos destinados a no alcanzar jamás: a veces, yo necesitaba a Andrés; él, también a veces, creía disfrutar de esta urgencia. Con mayor frecuencia, como ese poeta de su libro, creo que lo que en realidad añoraba era estar en otra parte, ser otra persona.

La llegada no puede aplazarse por más tiempo: la puerta se abre y deja ver un cuarto de regular tamaño, con una salita de recibir al frente. Empecé a curiosear los objetos de esa salita: un televisor, un sillón desgastado, una alfombra azul. Detenía el momento en que tuviera que estar desnuda frente a todas esas cosas. Temía el instante en que todo se terminara, cuando tuviera que quedarme vacía y torpe delante de esos mismos, idénticos objetos. Desde el balcón abierto podía ver las alcantarillas tapadas de basura y desperdicios hasta el tope, los últimos mendigos del día. La fecundidad bulle aun en estas horas, cuando el enjambre ha ido a refugiarse a sus cuartos de vecindad. Todo está en regla: los puestos ambulantes, los expendios de billetes de lotería, los depósitos de dulces típicos, los aparadores con modas recién importadas, las oficinas de gobierno; todo ha cumplido su propósito, todo ha sido puntuado, inventariado, aseado una vez más. Después de desabrocharse el pantalón, Andrés me hace un hueco dentro de la cama. A partir de ese momento, mi vida ya no es mía, mi vida se vuelve un destino.

Tras un breve sueño, Andrés despierta y me mira. Una ligerísima corriente de aire se filtra por la rendija de la ventana y con ella la línea de luz que ataca mi pubis. Contempla mi larga cabellera en desorden. Paulatinamente se ha ido acercando al monte de Venus y lo examina como si éste fuera un objeto precioso. Se acerca olfateando esa escasa alfombra, lo siento cosquillear. Se retira y vuelve a mirarme con detenimiento. Desea recuperar toda su capacidad olfativa, pero de pronto el vientre se le afloja y tiembla. Ha visto la escasez del vello, los pequeños círculos de piel como largos valles rosáceos y algo hinchados, la comezón. Enciende la lámpara de noche y vuelve a mirarme. Parecería que no piensa en nada. "Tienes sarna", me dice por fin, más que por otra cosa, por ver qué efecto le causa oírlo. Entonces ve que no le causa ningún efecto y se acerca a esa segunda boca que yo le estoy ofreciendo y bebe, interminablemente. En ese momento, mi cuerpo abre una ventana y muy poco a poco, casi a hurtadillas, entra el placer.

Desperté a esa hora indefinida en que aún no ha amanecido y la noche pugna por extenderse un poco más. Era esa hora absurda, gestora de las ideas más inverosímiles, la que me había hecho ver esa otra forma en que podía entenderse el mundo. Desperté feliz, el recuerdo de las horas más recientes fue haciéndose cada vez más claro. Como si de pronto yo no me perteneciera, mi vida cobraba sentido sólo en función de que me habían amado. Vivía esos instantes con tanta pasión que mis años pasados se volvían un tiempo oscuro, transcurrido sin esa pasión.

Casi sin esfuerzo abrí los ojos, pero como si eso no hubiera bastado para gastar toda mi energía tuve que incorporarme, me senté en la cama. Andrés estaba al fondo del cuarto, frente a mí. Tenía la bolsa abierta, como suspendida entre esas manos que yo había elogiado tanto, inmóviles al saberse descubiertas. Todavía hoy tengo mis dudas acerca de lo que pensé en el momento de verlo a punto de robarme. Me di cuenta de su desconcierto al verme mirarlo tranquila, casi sin sorpresa, y quizá también de mi voluntad de aceptar, si hubiera sido necesario, que vaciara mi cartera con la mayor naturalidad. Quizá ello se haya debido al hecho de que pueden pensarse al mismo tiempo las cosas más diversas sin notar su contradicción y escoger una de ellas como por azar. Pero mi reacción pudo también deberse al deleite casi voluptuoso que experimenté en el momento de darme cuenta de que la intención de este hombre, que me había amado unos minutos antes, era realmente la de robarme. ¿Qué otra cosa podía estar haciendo con mi bolsa abierta? Por su parte, Andrés me miró con fijeza y no encontrando algo mejor de qué asirse tomó el libro, como si su primera reacción al abrir la bolsa hubiera sido la de regalármelo. Sin duda, con ese gesto quería dar marcha atrás al tiempo y comenzar la mañana con amabilidad. Por un momento tuve la idea de arrojárselo, tomar mis cosas y salir rápidamente de ese cuarto estrecho que ahora era lo único que nos mantenía unidos. Pero al mismo tiempo me di cuenta de que hubiera sido un acto excesivo, inspirado más por una costumbre social que por mis verdaderos deseos, así que me acerqué a Andrés y recibí con serenidad, casi con amor, la deteriorada versión de un Pound que ya nada me decía.

Es la calle de Bolívar muy de mañana y una lluvia tímida cae sobre nuestros cuerpos abrazados. Caminamos casi pegados a los edificios, de vez en cuando se rasca o me rasco, la risa también es contagiosa. Los cafés están todavía cerrados. Una persiana se abre, el perro está haciendo sus necesidades muy cerca de nosotros, el agua corre por las cañerías. Su situación es tan trágica que me obliga a reírme nuevamente: "te estás burlando". Levanto la cara hacia la lluvia, el fino rocío da toques. En esta parte de la ciudad los días parecen ser siempre más cortos. Una densa nube de humo y polvo filtra la luz y la adelgaza hasta volverla un espectro, como si todas las mañanas del Centro fueran invernales. Es agradable, cuando una ha estado encerrada en un hotel durante algún tiempo, salir a caminar por sus calles contrastantes donde el tráfico es más denso, la gente más numerosa y las tiendas están repletas. En este particular entorno, entre el movimiento y carácter de la vida ciudadana, la cabeza se despeja y el cuerpo experimenta una excitación y un nerviosismo tales que nos hacen sentir que lo único que vale la pena hacer en la vida es vagar entre la muchedumbre.

Como a un pavo, Andrés rellena nuestro tiempo con palabras. Es tenaz; lo hace tercamente, no deja un solo hueco sin atiborrar. Quién eres, la frase se ha ido gastando, como un salmo. Viene caminando junto a mí, hacia la Alameda, otra vez por Madero hacia la Casa Bocker, hacia otro jardín, hacia donde sea. La mañana es bella, trata de ser benevolente con nuestro amor de amantes recientes, pero él, una vez más, empieza a hablar de Pound con aprensión, hasta con cierto encanto, y las piezas de tabaco prensado, y las putillas que vienen a componerse el pelo y luego me besa con descaro, me aprieta, me ahoga. Un despojo. Quizá me hubiera vaciado, de haberlo yo permitido, claro. Ni un solo alfiler dentro de la bolsa, de haberlo permitido. Con ese tal Ezra Pound pueden librarse todas las batallas que ha vivido el hombre sin conocer una derrota, se puede amar, saquear, despreciar, desvirtuar la decisión de una pobre vendedora de libros a comisión. Matarla.

Me cobraría cada instante de fingimiento, cada minuto de desamor. Sabía que Andrés había querido poseerme, desvalijarme. Se burlaba. Mi única salida era irme con una determinación igual a la que me había llevado a estar donde estaba, una banca cualquiera al lado de un desconocido igual a los otros desconocidos, un enemigo más.

Los automóviles han recuperado su flujo hormigueante, la vida comienza. Andrés se extraña de mi decisión, me pide explicaciones, no entiende nada, todo se le va en decirme Adriana, Adriana, o Venus o Mercurio, patrón de los granujas, prestadme una tabaquería no muy grande, o establecedme en una profesión cualquiera, salvo esta diabólica profesión de las letras, en la que se precisa la inteligencia todo el tiempo. Me levanto de la banca, él me grita, no lo oigo, me insulta. Qué más da. Esta vez, yo he cubierto todos los gastos.

VACACIONES
Amor por la familia

María alisaba el cabello lustroso de su hija, Nicolás se entretenía con los cangrejos y usted miraba, por primera vez en mucho tiempo, el mar tranquilo frente a sus ojos. Era grato poder estar al fin así, sin hacer nada, descansando sobre la arena. Era grato, digo. Agradable. Pero basta con que usted empiece a sentirse bien para que por algún lado surja la amenaza: entonces sabe que algo terrible va a ocurrirle.

—Bueno, a veces me dispongo a pensar en mi trabajo, por ejemplo.

Sí, piensa en su trabajo y se acuerda del primer día en que llegó estrenando una blanda, indefinible sensación de pánico. Sólo eso. Un miedo que no se justificaba, y a lo mejor debido a eso, un miedo atroz. No tiene derecho al escalafón, le dijeron. Pero usted les contestó que se puede vivir bien sin el escalafón. Incluso, era suficiente con una mesa amplia para cuatro a reserva de que después traje-

71

ran los escritorios que hacían falta para que no tuvieran que trabajar tantos compartiendo el mismo espacio. Un miedo terrible. Omnipresente, digo.

—Sí, eso.

Algún tiempo después llegaron por fin las anheladas vacaciones. Yo quisiera hablar del mar, si me permite. A usted le gusta mucho el mar. En aquella ocasión estaban además los cangrejos. Siempre le ha gustado ver cómo se esconden, y tapar los agujeros que dejan sobre la arena húmeda. Dicen que en cada hoyuelo se oculta un cangrejo. Esto le gusta.

—Sí.

Esa vez el mar estaba igual que en las postales. Sólo que hacía frío. Soplaba un viento helado, a pesar del sol. María dijo que una cosa así bastaba para arruinarle el viaje, pero usted hizo como si no oyera y le llamó la atención a Nicolás por quitarse las sandalias.

—Sí, eso hice. Pensé que podía lastimarse un pie.

Las cosas marchaban como los cuatro hubieran querido. Los niños también tuvieron sus expectativas sobre el viaje. Anita lo escribió en un diario. "Por fin saldremos de vacaciones. Llevaré el traje de baño nuevo, de lunares rojos y blancos, y un gorrito para el sol, que le hace juego. Llevaré también una bolsita para guardar las conchas." En cambio María sólo lo pensó: "El mar está hecho de agua con sal. Los niños crecen en una bolsa de agua semejante y las lágrimas son agua que sabe a sal."

—María, mi mujer, es muy melancólica, con cierta tendencia a la depresión. Es fatalista, ¿sabe?

Pero es su mujer.

—Sí, es mi mujer.

Esa vez las cosas marchaban como los cuatro hubieran querido. Sólo que alguien tenía sed.

—Sí, era María. Siempre está llena de necesidades.

Y usted le trajo una limonada. También a los niños. Sólo que encontró a Nicolás cubriendo un cangrejo con un puñado de arena. Usted se enfureció. Nicolás lo había enterrado y se había puesto a brincar sobre él. A medida que lo regañaba crecía más el deseo de pegarle, de sacudirlo y gritarle aún más. Cada vez más fuerte.

—Pero María me detuvo.

Y usted le dijo que estaba echando a perder al niño. Entonces deseó que en verdad se echara a perder. Lo imaginó: alto, fuerte, dieciocho años; Nicolás escupiéndole a usted en plena cara. Realmente lo disfrutó. También en eso había fracasado María.

—Sí.

Sin embargo, le dio usted un beso conciliador.

—Traté de besarla, pero le unté un poco de arena en la mejilla. ¿Sabe? María no soporta la arena pegada en su piel.

Dijo que era usted muy torpe.

—Sí, me lo dijo otra vez.

Apenas lo había dicho, caminó en dirección opuesta a usted, se sentó sobre una roca y comenzó a mover despacito un pie dentro del agua. Estaba pensativa.

—María es un poco melancólica.

Susceptible.

—¿Cómo dijo?

Susceptible.

—Sí. Susceptible a los derrumbes.

Esa vez las cosas marchaban como los cuatro hubieran querido. María se ocupaba de los niños,

¿ya lo dije?, usted contemplaba el mar. Era la tercera vez que María preguntaba si no podría asolearse nunca, pero usted hizo como si no oyera y la dejó levantarse a inflar la llanta de plástico de los niños.

—Sí, luego la vi subir a Anita sobre la llanta y mirarla un rato; mirarla brincar olas.

Pero las olas la tiraban. Anita chillaba y se quejaba cada vez.

—Sí, María se quejaba también, quería estar sola, asolearse en paz, dijo.

Por eso usted apagó el cigarrillo en la arena y se dirigió hacia donde estaba su pequeña hija. El agua estaba fría; lo hizo estremecerse, pero usted no pensaba en otra cosa que en sacar a su hija porque estaba varada. Una vez que la hubo sacado de entre el agua y la arena, la observó.

—Sí.

Lloraba de un modo horrible, presa del susto. A usted también le dio un poco de miedo; imaginó a Anita ahogada, flotando como una claraboya.

—Sí.

Pero le dio también coraje. Sobre todo eso. María se las arregla muy bien para desentenderse de los niños.

—Sí. En realidad el temor surgía de haberme dado cuenta que estaba deseando que Anita se hubiera ahogado; imaginé la cara demudada y atónita de María al ver a Anita pálida, muerta por su negligencia. En verdad, lo deseaba realmente.

Pero una ola repentina lo hizo volver a escena. Anita no estaba muerta, María se asoleaba con tranquilidad en la playa después de haberse cerciorado de que todo estaba en orden y usted trataba de calmar el llanto histérico de su hija.

—Sí.

La zarandeó.

—Sí.

También le apretó los bracitos. Muy fuerte. Le dijo que para eso se reventaba uno trabajando. También le dijo que le había arruinado las vacaciones.

—Sí, que nos las había arruinado a todos, sin remedio. Después la obligué a callarse de una vez. Sólo le quedó el hipo.

María lo llamó, furiosa. Le dijo que ahora podía sentirse satisfecho, inflado como globo. Pero usted, sin hacer caso, se dirigió a Nicolás, lo tomó de los hombros y lo invitó a jugar.

—Sí.

Casi lo obligó.

—Sí.

Pensó que de ese modo Anita sentiría celos de su hermano y unas ganas enormes de correr a abrazarlo a usted.

—No; en realidad lo hice para que se sintiera más culpable.

Usted la ignoró y en cambio se puso a corretear a su hijo por la playa; jugaban y reían alegremente. Nicolás le arrojaba un disco y usted se lo devolvía. Era divertido.

—En absoluto.

¿Cómo dice?

—En realidad fue divertido porque al vernos, Anita se sentía más y más culpable; pero cuando dejó de interesarse por mirarnos y se empezó a entretener escarbando un hoyo, el juego se volvió aburrido.

Aunque después de todo, las cosas no marchaban muy distinto de lo que los cuatro hubieran querido. Hacía frío, sólo un poco, y el viento agitaba la arena en pequeños remolinos. Sin saber por qué, usted se levantó, volteó hacia donde estaba Nicolás; lo vio construir una carretera sobre la arena húmeda y comenzó a andar en dirección opuesta. Apenas pudo oír la voz de María preguntando "a dónde vas", o ver los ojos de los niños mirándolo alejarse. Siguió caminando, la familia se volvía un puntito distante. Desaparecía.

—Sí.

Entonces pensó en María llorando. No; reparó en que podía llorar.

—Sí.

De hecho. María estaría llorando. Era sólo un presentimiento, pero bastaba para hacerlo sentir bien. Más que un presentimiento, era un deseo. Un enorme deseo de ver a María llorando.

—Sí.

La visión era realmente hermosa: las clavículas echadas hacia adelante, la barriga lacia. Las lágrimas.

Lágrimas contribuyendo a fijar un rostro viejo para María, surcando nuevos cauces. María luciendo con descaro una impotencia nueva, dejando caer las lágrimas...

María trata de tapar el sol con un dedo, quiere detener el llanto, cambiar el mar de sitio, vaciarlo con un trozo de caracol. Decididamente piensa ahogarse en llanto; pero no, ahora quiere corregir inútilmente el curso de ese camino de sal de sus ojos que lo están mirando con rencor... Y es evidente que usted está dispuesto a comenzar de nuevo.

—Sí, es agradable estar así, sin hacer nada, frente al mar...

ISADORA
Amor filial

Isadora empezó a maquillarse con aplicación de anticuario; barnizaba en sus delicadas mejillas el secreto orgullo de la casa. Acto seguido, se dirigió al mal acondicionado ropero y tomó el corsé dulcemente, y lo miró con embeleso. Ella misma se lo había fabricado con unos cuantos retazos de satín; así era en el teatro.

Madre: ¿Cómo estás matriushkita? Espero que sana y hermosa, como siempre. Un consejo (que también yo te los puedo dar): no envejezcas, madre, considera que en este mundo/ en fin, vanidad de cosas vanas. Por las noches me pregunto qué será de ustedes; ¿acabó Porfirio la carrera? Espero que lo tengas trabajando y te pase algún dinero, además del que yo te envío cada mes para que/ lo que son las cosas, madre, tú que no tenías fe en mí y yo que estoy a punto de lograr un estelar, ya te cuento. Adjunto con la presente una cantidad menor a la prometida pero ya sabes que te la he de reponer...

Con la prenda íntima en la mano, se acercó al espejo que lucía un collar de foquitos encendidos alrededor.

—Han dado la primera llamada —dijo Isadora. La primera llamada para ensayar una obra que no ha de presentarse sino hasta dentro de un año, o más. Quizá nunca.

En la pequeña maleta había guardado una veintena de rectángulos de colores en forma de abanico; tubos y cajitas de rubor en polvo, en pasta, y con ellos una gama de posibles Isadoras. Había desprendido ese par de insectos de mil patas que se adherían sin remedio a sus dedos y colocado cada juego de pestañas en el ojo correspondiente. También se había cepillado la escasa mata de pelo y había verificado que los aretes colgaran de cada oreja. Finalmente, había esparcido una brizna de diamantina roja en cada pómulo para que las luces no apagaran sus chapas de muñeca; ahora se ponía el corsé; todo estaba, pues, en orden.

—Estás esperando que salga puntual por una vez —Isadora se lamía una uña—, eso estás esperando, y que luego te obsequie una estúpida sonrisa, te haga una reverencia, y te diga sin decirte, "contigo, todo".

La última vez se había tomado el trabajo de confeccionar el ajuar completo, incluida la estola, para la que había teñido algunas plumas. Se había tratado de una colaboración realmente sencilla, sin parla-

82

mento, sin dificultades escénicas; esa vez había hecho de maniquí.

Madre: estoy esperando un aumento. Ya se ve que a tu hija la tratan con amor. Hay algo que me preocupa, sin embargo: en tu carta me dices que te visito poco. No sé cómo puedes pensar en que me desplace hasta allá, a mitad de temporada, si sabes que el teatro no perdona. Además, en estos momentos, ayudarte a resolver el conflicto de ustedes/ mira, madre, antepón a tus quejas el hecho de que yo te adoro. Te adoro, pero no puedo...

—Primero vas a ponerme una doble rutina de ejercicios —Isadora se acercó al espejo—. Vas a hacerme rebasar mis límites y luego vas a preguntarme sobre cosas que sabes que ignoro. Yo permaneceré quieta, escuchando, mientras mis ojos buscan desesperadamente un lugar donde posarse. Vas a echarme en cara lo de Saltiel, en el teatro no hay tiempo para romances, lo de mi situación que debe terminarse pronto y mal. Un hilillo salado y caliente resbalará, de cualquier modo.

A veces las básculas mienten. Ésta ya registraba la pérdida de peso necesaria, pero Isadora seguía viendo con desaprobación sus caderas metidas en la tela brillosa del corsé. Por fortuna, ya no pensaba en comer, y el sueño se había esfumado gracias a la magia de las anfetaminas. La noche anterior, atacada de nuevo por el insomnio, se había levantado a encerar los pocos muebles, a lustrar uno a uno sus zapatos, a acomodar cajones, convencida de que jamás lograría tener las cosas limpias y en orden.

Súbitamente había cobrado conciencia de que no soñaba. Esa falta de sueños la hizo entonces despertar ya no al descanso, sino al hastío de sus pequeños logros que en esos espacios nocturnos parecían siempre insuficientes, al vacío de los últimos tiempos.

Por mi parte estoy bien; hasta *muy bien,* diría yo. El director es un hombre maravilloso, un gran apasionado del arte, un/ los compañeros son también gente agradable. Ya ves, madre, que tu pequeña Is está contenta. Sí, ya voy a darte noticia de lo que te preocupa. Vivo con una amiga en una habitación muy linda que tenemos rentada a la dueña de un departamento que, bueno, no está mal. Ella misma cocina para nosotras y nos cobra una verdadera miseria. Es una persona muy decente y guisa tan rico y abundante que estoy hecha lo que se dice un ropero...

—Ahora vas a olvidarte de todas tus promesas —Isadora estiró los brazos perezosamente—; te cuidarás muy bien de no mencionar lo del estelar que me tenías asignado, lo de las representaciones que, según tú, estaban aseguradas. No harás un reproche abierto, pero yo sabré, apenas se apaguen las luces, que no puedo tenerlo. Está prohibido tener deseos y conflictos sicológicos. Está prohibido embarazarse.

Cuando Isadora se retiró del espejo, la vieja cortina del foro estaba terminando de abrirse.

Deseo, pues, que dejes a un lado tus preocupaciones y que no olvides escribirme pronto; tus cartas siempre son la extensión de las caricias que amo. P.D. Madre: ¿entenderás que pueda sentirme tan feliz, tan libre?

—No es el Gran Teatro lo que representamos, sino nuestros mezquinos mundos particulares —Isadora se preparaba para salir a escena—. Cada uno nos empeñamos en sacar al personaje principal del teatro de nuestra propia existencia y así, al abrirse el doble telón de labios y dientes, nos presentamos y sentimos que empezamos a triunfar.

Isadora veía cómo en mayor o menor grado sus compañeros iban adaptándose a las tablas. Se daba cuenta de que aceptaban cualquier papel con benevolencia, algunos con devoción. Isadora observaba a sus compañeros representarse.

—No puedo conservarlo para mí —Isadora vaciló antes de dar los primeros pasos—. Pronto comenzaría a agitarse dentro del vientre e iría subiendo hasta apretarme la garganta suavemente, dejándome sin aliento.

Entonces, Isadora pensó que en realidad todo era muy sencillo. Allí estaba el diván, y junto al diván, la mesita con las pastillas. Después de todo, ese pequeño cuerpo sería un triunfador a pesar del exceso de trabajo, del abatimiento, del apocamiento producido por la anorexia. Isadora sabía que apenas su madre abriera esa última carta suya empezaría a añorar el cabello delgado, los pechos siempre por despuntar, los pequeños pies de su pequeña Is. Antes de ver la niebla, de sentir cómo cae el pelo en desorden, del golpe en las sienes y en los sentidos, su madre tendría tiempo para estimar que su vida hubiera sido menos inútil si hubiera podido cubrirla con algo tan hermoso como un silencio de tamaña elegancia.

AMANDA
Amor por el trabajo

ERAN LAS SEIS. AÚN ERA PRECISO esperar a que el sol se hundiera para ocultar esa especie de pudor que parece acentuarse cuando hay luz. La advertencia fue clara —así que en esto no cabía el asombro— porque ya para entonces Amanda no ignoraba que muy pronto de nada servirían los melindres; simplemente, habría que tomar a los clientes por sorpresa, a pesar de saber que esos rostros, inocentes tras el perfil de los edificios ensombrecidos, eran inconmovibles.

Nunca le dijeron lo del cuerpo pegajoso por el doble empeño del sudor y los nervios, metido a presión en la coraza de una ropa demasiado estrecha donde, qué raro, se sentía más cómoda. Sólo habían sido explícitas con lo de las maneras: "Te paras así, luego extiendes la más generosa de las sonrisas, y empiezas con la retahíla de promesas." Pero como si no se lo hubieran dicho: Amanda empezaba a desesperarse.

Más que por un pudor auténtico, conservaba celosamente cierto uso de las formas, ciertos rasgos impregnados de una vergüenza escrupulosa y calculada porque los sospechaba emparentados con el beneplácito o el rechazo que esos rostros oscuros le otorgaran. Varias veces se había mirado en el espejo antes de salir. Había considerado sus dotes potenciales, como si verdaderamente su enorme pecho de cantante de ópera fuera a imponerse sobre la boca, incluidas las palabras, y realzándolo, le adjudicaba de antemano todo el triunfo de la empresa. Pero en el verbo estaba el secreto —o al menos eso había entendido en el adiestramiento—; así que repetía una y otra vez el pequeño texto, "le brinda, le da, le otorga", el pequeño texto con que la empresa la iniciaba.

Por fin, entre los árboles enclenques del camellón, la luz de los postes que empezaba a insinuarse, hizo presa del primer incauto. Al verlo, Amanda pensó que tenía ganas de irse a remojar los pies en agua caliente y vinagre, por eso se volcó sonriendo sin perder un solo instante: "A ver, joven, para ese mal aliento, es una oferta, una promoción, la fábrica de pastillas tal, le viene ofreciendo tal —y enseguida, susurrando casi—, para que ya me vaya a mi casa, ándele."

Recuperado de la confusión, el hombre la había tomado de la barbilla y oprimía con un par de dedos fríos: no iba a comprar nada, Amanda lo sabía, pero lo miraba para asegurarse la dosis de autocompasión a que estaba acostumbrada. "Ahorita no, pero de aquello, ya sabe que estoy para servirla, reina", y maldita sea, Amanda había esquivado el pellizco tarde porque ni la seña, ni el golpe bajo que pretendió dar, hallaron blanco sino en esa boca de lobo en la que se había convertido la calle para entonces.

Ahora los automóviles pasaban con menos frecuencia; el par de ojos de los faros iluminaba la cinta gris de la calle y Amanda se entretenía en mirar el humo que parecía salir de ellos, en engañosa actitud de espera. En realidad, hacía un recuento silencioso de lo que había vendido. Visiblemente desalentada, se sacó las zapatillas blancas que le había regalado la compañía, y que hacían un daño enorme a sus empeines de cojín, luego se aplicó a dejar pasar el tiempo.

Cuando había ido por el trabajo no le especificaron bien lo del anuncio en el periódico: "Pues edecán, ¿qué no sabe lo que es ser edecán?" y ella, por miedo de que la fueran a rechazar, se había conformado con esa explicación. Había puesto en la solicitud una sarta de mentiras que no hubieran hecho falta: hasta después vino a enterarse de que el único requisito indispensable era el par de medias blancas que las solicitantes debían traer de sus casas el primer día y con las cuales el empleo era cosa hecha.

Debía ser una empresa importante esa fábrica de pastillas, porque en menos de una semana habían acudido más de treinta muchachas que, como ella, querían el trabajo de edecán. Más de la mitad se habían arrepentido, desapareciendo con el par de zapatillas y las primeras cajitas que debían vender. Otras, en cambio, anchas como gallinas culecas, decían haber sido recontratadas para esta nueva promoción.

La empresa trabajaba mañana y tarde, pero Amanda empezaba su recorrido a las cuatro porque quería terminar la preparatoria. Un amigo de su hermano le había hablado maravillas del trabajo de aeromoza durante una fiesta y desde entonces, influida por el feliz recuerdo de aquella noche en que su chaperón había estado lo suficientemente borracho como para no amenazarla con denuncias mezquinas a la familia, soñaba con surcar los aires enfundada en ese uniforme tan lindo. Cuando tuvo a bien externar sus ideales a la familia reunida en la mesa del comedor, Elpidio, que para eso era el primogénito y no en balde había llegado a quinto semestre de derecho, hizo alarde de su lengua, queriendo amargarle la ilusión. Después vino la unánime aprobación del padre y los demás hermanos que, masticando bien despacio y sin alterar ni un gesto, censuraban a la niña. No hubo necesidad de despegar los ojos del mantel, Amanda mostró por única vez su desacuerdo, bajito, pero con asombrosa convicción: "Pues sí, voy a ser gata, pero gata de angora." Esa misma tarde había ido al sindicato a ver qué papeles se necesitaban para obtener una plaza. Su padre, ocupado de la prefectura del hogar a raíz de una jubilación que obligaba a las mujeres a cortar las conversaciones telefónicas de más de tres minutos y a vivir en un continuo estado de alerta, la sorprendió antes de que pudiera salir por la otra puerta; no importaba. La tomó del brazo desnudo como quien se apodera del mejor bistec en el mercado y entonces ella tuvo que aspirar la última bocanada del cigarro patriarcal y eso de que parecía corista de quinta; todavía aguantó la respiración cuando él le trazó la pe en la frente y entonces exhaló por fin: no importaba nada.

Se dirigió al sindicato y lo demás fue lo de menos, porque allí su buena estrella la hizo caer justo en manos de quien debía. Había sido lo que se dice un golpe de suerte: Amanda esperaba interminablemente su turno cuando un tipo más bien bajito entró a la sala con las manos en el cinturón, en un esfuerzo por mantener la pretina de los pantalones sobre el ombligo. Con un palillo de dientes sacado quién sabe de dónde, le hizo a Amanda una seña de que pasara a su despacho. Después, se metió el palillo entre dos muelas haciendo ruiditos intermitentes con la saliva y escupió un fragmento de comida. Era el líder sindical. Tras escucharla dijo que sí, que cómo no, que todo era cosa de que ella cooperara un poquito y, aunque eso sí, había muchas pero muchas chicas, no se imaginaba cuántas, que se morían por entrar, él podría darle una manita. Eso sí: la mayoría de las aspirantes se quedaba en el camino, cualquier pretexto les impedía seguir los trámites, c-u-a-l-q-u-i-e-r-a: un centímetro menos de estatura, una pequeña alteración en un examen de salud, cualquier cosita, je, pero ella iba a entrar, como que se veía que era una muchacha con disposición, o sea, dispuesta, pues, tú me entiendes. Amanda contestó solícita que claro, sí tenía la mejor de las disposiciones, aunque fuera un trabajo duro ella podría con el horario, con las horas de vuelo. Y además era muy responsable. Nada más con que le dijera qué papeles tenía que llevar... Cómo no, chula, él le tomó la mano entre las suyas, cómo no, y le daba golpecitos, yo después te digo.

Y luego, estacionando los ojos en el par de montes temblones que casi casi se le volvían anginas: tú nomás vienes conmigo, muñeca.

Amanda suspiró. Se puso a pensar en que las horas gastadas en vender pastillas valían la pena, en que los zapatos apretaban menos y en que el cansancio y todo lo demás eran minucias pasajeras; sólo un medio para alcanzar su ideal de mujer rica, ahora tan próximo.

ANTESALA
Amor por los viajes

ESTÁBAMOS ABANDONADOS a los pensamientos que se colaban por alguno de los escondrijos del vagón de tren cuando no sé quién de los cuatro la vio entrar primero. A pesar de que procuraba hacerlo con discreción, la sonrisa delató su entrada y nos hizo removernos en nuestros asientos. Me extrañó que ese solo gesto pudiera romper tan eficazmente el silencio que se había acumulado desde hacía largo rato en nuestra cabina y, en cierta medida, que la negra se hubiera decidido por el angosto lugar entre la anciana de la ventanilla y la joven opulenta, en vez del que quedaba libre junto a Roberto, en el extremo. De este modo quedaba casi frente a mí. Hizo un recorrido general con la mirada, como cuidando que todo estuviera en orden, y volvió a mostrarnos una medialuna blanquísima entre toda esa oscuridad de piel.

Roberto y yo empezamos a hacernos conjeturas respecto al inusual entusiasmo de la muchacha y así matamos algunas horas más. Entre dientes —apenas unos panecillos de jamón y media botella de vino ácido—, llegamos a la conclusión de que tal gusto por un trayecto que duraría más de veinte horas, aunado a la impaciencia que parecía mostrar, eran prueba suficiente del próximo encuentro, estaciones adelante, con algún enamorado, aunque Roberto todavía insistió en la posibilidad del libro de lectura imprescindible que la joven estaba, ya lo ves, pronta a sacar de la bolsa de cuero; pero no, esta vez tampoco era un libro, sino un pañuelo facial con el que se repartía el sudor por cara y cuello haciendo de su maquillaje, a medida que transcurría el tiempo, una desgracia.

De frente a la estación intentábamos hacer alguna otra cosa que no fuera dejar correr el tiempo. Allá afuera, éste era otra cosa, parecía transcurrir de un modo distinto, eficaz. El maletero corría tras una señora solvente y consternada; un viejo se despedía a besos de una joven. Aquí dentro, en cambio, el estancamiento iba generalmente acompañado por dos maletas pequeñas, o una grande y un *necessaire*, o el rápido acomodo de la mochila naranja con un broche abierto que descansaba sobre la parrilla, y de nuevo cada quien a sus asuntos, pero esta vez, la anciana había abandonado su reposo caliente para llevarse el pañuelo a la nariz, decidida a no quitarlo de ahí y a que la muchacha negra advirtiera lo que ya había advertido y se orillara hacia la izquierda lo más que le fuera posible. No volvió a moverse sino para lo indispensable, aunque se obstinara en su gesto risueño cuando Roberto le preguntó la hora, a saber si en un intento desesperado de apresurar el tiempo, o con ese maldito afán de proteger, tan suyo.

Eran las tres. La hora del silbato en las fábricas, del recogimiento, de la campanilla en mi casa de niña cuando mi madre pedía el salero. Traté de cubrir el cristal con mi suéter, pero el sol parecía atravesarlo como cuando una mira a través de las radiografías y no entiende nada, pero el médico le dice que está sana, que puede irse a tomar una vacaciones, y una viene con la ilusión de encontrar un mundo nuevo, la cuna de la civilización y la cultura, y lo único que encuentra es el rayo de plomo en la cara, porque la cortina de nuestro compartimiento ha sido arrancada o están lavándola, o nunca ha habido cortina alguna y soportar este calor es parte de la prueba por la que todo viajero debe pasar si quiere entorpecer su rutina con un paréntesis de ausencia, y bueno, la negra sigue sonriendo.

Miré a Roberto enfrascado en su lectura, ajeno. Por primera vez sospeché de él. Recordé que durante sus narraciones jamás tocaba el punto de los percances, esos minúsculos fracasos, como si éstos no existieran. El sol se colaba por mi cráneo hasta el cerebro palpitante. Como si no lleváramos cargando los fracasos en la maleta.

La anciana había comenzado a abanicarse con furia; estiraba el cuello hacia la ventanilla, como si de esta forma pudiera aspirar el aire que entraba antes que los demás y hurtara el poco de frescor que éste traía desde la barranca caliente, y a lo mejor porque no lograba su propósito, nos lanzaba rencorosas miradas que venían a depositarse en la distancia que guardaba celosamente entre su cuerpo y mis pies frente a los suyos. Comprendí que el avance de alguno de mis zapatos hubiera sido un claro signo de provocación, así que me levanté y comencé a desplazarme trabajosamente por el pasillo. Pensé en encontrar un rastro de oxígeno, una especie de consuelo, pero la mayoría de viajeros en otras cabinas habían tenido la misma idea, así que volví a mi asiento y traté de guardar la calma. Después de todo, ¿qué podrían significar algunas horas si me estaba esperando el Paraíso?

Cerré los ojos. Traté de dormir inútilmente, y los abrí de nuevo. De izquierda a derecha: las cintas plateadas del pelo y los lentes con cadenilla de plata; después el pelo crespo y la mirada tierna y saltona; por último viene el pelo escurrido y por lo menos cinco mil calorías diarias de más. Me apliqué a la tarea de usar mis ojos como una cámara fotográfica. Los abría y los cerraba, elevaba y bajaba el puente de los párpados captando todos los instantes. Así podía observar a los demás a mis anchas. Incluso a Roberto, que se desesperaba a bocanadas con la misma página desde hacía varias horas. La gorda era la más fotogénica. Cambiaba constantemente de posición. Cruzaba las piernas y trataba de elevarlas lo suficiente como para que las lorzas de carne entre ambas no se estorbaran e hicieran imposible la faena. Se rodeaba con los brazos; se azotaba de perfil; lograba fotografías realmente hermosas. Por el contrario, la quietud de la negra la hacía una pésima modelo. Lo único interesante era el efecto de la pintura corrida: la hacía lucir como una improvisada plañidera al llorar silenciosos lagrimones de rímel. Alguien preguntó la hora. Pensé que la ilusión de quienquiera que hubiera hecho la pregunta no acortaba la distancia.

Recordé el método de Roberto para hacer pasar el tiempo: una cuchilla imaginaria en forma de cruz divide el reloj en cuartos; después, otras dos lo subdividen en periodos menores: siete y medio, casi cuatro minutos... así hasta llegar a lapsos de apenas un minuto. Todo era cuestión de imponerse a vivir esas pequeñas metas temporales, un minuto cada vez, sin pensar nunca en el número de horas que éstos suman, en las que aún faltan por transcurrir. Así era también en la tortura; sólo hay que pensar en soportar el dolor el siguiente minuto...

Por lo visto Roberto se las arreglaba muy bien con sus teorías, porque cuando le pregunté extrañada si no habíamos dejado atrás esa misma estación por la que atravesábamos de nueva cuenta, ese tubo de luz que ahora estaba encendido, pero que era el mismo tubo de luz neón de antes, él apenas titubeó: "Puede ser, pero mira, igual no, ¿por qué no tratas de dormir un poco?", y se abstrajo enseguida en su libro. Yo comenzaba a impacientarme. No obstante, me acordé que pronto todo sería diferente, lo había sentido al empacar mis cosas; era como comenzar de nuevo. Una idea me tomó desprevenida: ¿y si los misterios del viaje no hubieran existido más que en la ilusión de los que han relatado sus viajes? De cualquier modo, era una tontería. En esa ocasión fue el empleado de ferrocarril quien entró en el camerino: "Mestre, próxima parada." Saqué el mapa. No habíamos adelantado mucho.

En lo incómodo de un vagón de tren, en lo incierto, también se acurrucan los recuerdos más nítidos: por más esfuerzos que hacía, no lograba pensar en otra cosa que en mi ilusión anterior al momento de iniciar el viaje y en lo que serían los primeros paseos al llegar a la nueva ciudad. Sólo como una sospecha, entreví la insignificancia de los sucesos del primer día, sus rituales ocultos, como una especie de insinuación de lo que podía encontrarme si buscaba demasiado afanosamente. No importaba. El deseo de llegar seguía siendo demasiado intenso, demasiado abrumador. Me asomé por la ventanilla (*non jettare acun ojetto per il finestrino*) y casi di un brinco: la cinta neón como única referencia, pero tan clara, tan igual a la que habíamos dejado atrás hacía unas horas, que no pude contener las ganas de preguntarle a la negra que observaba muda a través del grueso cristal: "Disculpe, ¿no hemos pasado antes por aquí?" Ella parecía observar con atención algo distante, algo encajado más allá de las letras azules, entre el pedregoso cerebro. "Ya hemos estado aquí, ¿no es cierto?" Pero los ojos no me miraban. Se clavaban en alguna parte de mi cara y no me miraban. No insistí. Había abandonado la idea de que pudiera darme algún informe preciso, por más que fuera la única viajera despierta en el camerino. Volví a la ventanilla y el tren reanudó su marcha. La vista se volvió hermosa: una barranca extendía su húmedo fondo por varios kilómetros a lo largo del camino. Tuve la absurda impresión de que casi me daba lo mismo llegar que permanecer donde estaba, igual que a esa muchacha muda y oscura.

No sé si alguna vez Roberto sintió el hormigueo en la nuca, de cualquier modo no me lo hubiera dicho; para él los viajes son siempre motivo de alegría. "Un ligero cambio —decía— verás que todo adquiere una súbita novedad." No podía defraudarlo con mi estúpida pregunta, con la aclaración de que no era sólo por el calor. ¿Cómo iba a explicarlo después de tantos y tantos kilómetros? Alguien me ofreció un poco de café. Era Roberto. Su rostro suave se tendía como un apoyo: lo besé. Acto seguido me acurruqué sobre su pecho y traté de hacer lo mismo que la gorda, cuya revista yacía olvidada entre los muslos, próxima a caerse; pero entonces el tren se detuvo. Ignoro cuál es la razón que nos hace abrir los ojos cuando el tren está inmóvil y mirar hacia afuera, para confirmar la pesadilla. Un letrero azul, bajo la luz de neón de cualquier estación intermedia. A veces, el empleado de ferrocarril confirma el sueño: "Mestre, próxima parada." Entonces me levanto, trato de convencerme de que los demás también han oído, de que no miran al mismo maletero ni al viejo impúdico, sino al hombrón de sandalias con cintas atadas a sus pantorrillas, remedo de gladiador, que va descorriendo la puerta del camerino, que se está sentado en el lugar desocupado, junto a Roberto. Todos lo miramos con disgusto, como si viniera a romper con una suerte de orden preexistente. Después de acomodar su breve equipaje se sienta y ve a la negra que mira la estación.

—Parece que todas fueran la misma, ¿no es cierto?

La negra asiente, sonríe. ¿Por qué fingió no entenderme, momentos atrás? El tren avanza. La negra no me escuchó, Roberto sigue enfrascado en su lectura y afuera las vacas siguen pastando aunque los relojes cambien puntualmente la hora. Algo adentro no se mueve. Nadie parece notar que algo adentro no se mueve.

La anciana sale y vuelve pronto. Parece indignada de que el recién llegado tenga unas piernas tan gruesas, tan peludas y tan desnudas. Ahora es la negra quien mira a la anciana, desafiante. Pronto vuelven a cerrar los ojos, en un intento por recuperar el sueño. Yo también.

La negra me mira de soslayo, sonriendo su superioridad. Me intimida. Obviamente hay algo que ella sabe y que yo ignoro. Todavía un poco antes de haberme levantado hacia el *bidet*, alcanzo a escuchar la voz del empleado del ferrocarril "Mestre, próxima parada" y veo claramente cómo, sin inmutarse, Roberto se acerca a mi oído en un acto que considero casi piadoso y con una extraña emoción susurra: "estamos llegando..." No quiero imaginar la nueva ciudad; contengo todo asomo de emoción y voy a pararme al pasillo que divide ambos vagones, en espera de que se desocupe el baño. Observo a través del cristal; veo cómo las letras pegadas en él se mezclan. Sé que en la próxima estación descubriré al maletero corriendo tras la señora que parecerá solvente y consternada, al abuelo que acariciará el rostro de la joven, la sonrisa blanquísima delatando la entrada de la muchacha que es toda oscuridad de piel. Todavía de pie, considero la barranca, el perfecto amparo de su fondo. Descubro, en una especie de memoria futura, el mismo tubo de luz sobre el engañoso letrero, nuestro destino.

ENTREACTO
Amor por el ritual

Se pregunta por qué tendrá esa costumbre de no poder oír las puertas cerrarse con estrépito. Cada vez que sucede, cuando deveras sucede el milagro del encuentro, la imagen del par de zapatos va precedida de un ruido deliberado al dar vuelta al picaporte y ese simple gesto basta para ponerla a temblar de miedo y placer. "La verdadera función de los actos simples —piensa—, qué extraña", porque ese primer ruido del picaporte encierra, además, la cualidad de incluir como garantía un nuevo estrépito cuando la puerta sea otra vez cerrada. En ese minuto sabe que es posible entusiasmarse por algo nuevamente, aunque ese algo no sea sino el deseo inútil de que el tiempo que acaba de transcurrir vuelva.

En un sentido riguroso, ni ese tiempo ni el verano siguiente llegarán. Es decir, volverán los paseos a la playa con todas las comodidades de un hotel de primera clase, o las eternas esperas, cuando no haya dinero para salir juntos de vacaciones y ella tenga que contar con angustia las horas que pasan juntos, sin decirse una palabra, y las vea perderse sin remedio; pero la certeza de que a partir del instante en que se abra la puerta con violencia ocurrirá que tendrán mil cosas que decirse, que vivir "hasta la muerte", hace tiempo que no la tiene.

Empieza el día con optimismo; jala la punta de la colcha y trata de no pensar en las goteras del baño, en el lavabo tapado, en la ropa sucia apilada por semanas por más que todo eso le disguste, porque ha recibido un telegrama. Cuando él llegue, abrirá la puerta del departamento, se instalará en la mecedora y la deseará un poco mientras se mece. Sólo para eso ella se ha molestado en limpiar, para que ambos crean que pueden sentirse a gusto entre todo ese orden, para que puedan amarse ordenadamente. Quizá se amen; es un amor triste, pero poco importa el carácter de ese amor.

Él llegará hasta su cama, dudará un instante antes de besarla y luego pondrá las flores en el piso. Ella, conmovida, mirará el regalo pensando en la última vez que su padre la besó, porque tuvo varicela, hace diecisiete años. También le acarició el brazo y le dijo "no mires la luz".

A ella le gusta engañarse de vez en cuando. Es un modo de prolongar el placer imaginando "quizá no llegue", para después recuperar la alegría del encuentro. Y como él no ha llegado, como quizá esté en camino y bordee algunas cuadras, como quizá trate de no caminar la última, la que ya no puede bordearse, ella se inventa la necesidad, por ejemplo, de un café. El tiempo se le viene encima y él ya no debe tardar a menos que haya decidido no venir en el último minuto. Ella lo imagina ya dentro de la casa e inicia una conversación, suspende el momento, lo disfruta y lo deja después ser otra cosa. Habla y se responde y eso que habla todavía no se vuelve la decepción de haberse estrellado en algo incapaz de expresar lo que ahora es sólo un enorme deseo de que él llegue.

Toda su capacidad se ha reducido a poner detalles a la espera. Toma un libro y lo hojea mientras piensa: "Si tuviera tiempo de leer las obras completas, todo lo que está apilado junto a la cama, la vida se va pasando..." Es decir: Esta mañana, ella se levantó de buen humor. Antes de dirigirse al baño buscó la mejor combinación, hizo un poco de ejercicio y trató de suspender el tiempo deteniendo en la memoria el crecimiento de ese amor: "Hoy te quiero igual que ayer, igual que siempre." Pensó que de ese modo podía prolongarlo, pensó que eso podía ser un remedio contra la muerte de ese amor. Es posible que él ya no venga. Pero ella sabe también que siempre está a un paso de franquear la puerta.

LIBERACIÓN FEMENINA
Amor por los ideales

A<small>L</small> <small>GRITO DE</small> "<small>YO NO SOY</small> criada de nadie", Juanita abandonó el lecho conyugal.

Volvió pronto, porque se había olvidado de tender la cama.

ÍNDICE

AMORES QUE MATAN
Se imprimió en los talleres de
Avelar Editores e Impresores, S.A. de C.V.
Bismark núm. 18, colonia Moderna
México, D.F.

IMPRESO Y HECHO EN MÉXICO
PRINTED AND MADE IN MEXICO